杰夫·戴尔笔记

〔英〕杰夫·戴尔／著

浪费时间

浙江文艺出版社

图书在版编目（CIP）数据

杰夫·戴尔笔记：浪费时间 /（英）杰夫·戴尔著；孔亚雷等译. —杭州：浙江文艺出版社，2023.1
ISBN 978-7-5339-6979-0

Ⅰ. ①杰…　Ⅱ. ①杰…　②孔…　Ⅲ. ①记—作品集—英国—现代　Ⅳ. ①I561.65

中国版本图书馆CIP数据核字（2022）第175536号

责任编辑　周　易
装帧设计　马天玲
责任印制　吴春娟

杰夫·戴尔笔记：浪费时间
［英］杰夫·戴尔 著　孔亚雷等 译

出版发行　浙江文艺出版社
地　　址　杭州市体育场路347号
邮　　编　310006
电　　话　0571-85176953（总编办）
　　　　　0571-85152727（市场部）
制　　版　杭州天一图文制作有限公司
印　　刷　浙江海虹彩色印务有限公司
开　　本　787毫米×1092毫米　1/32
字　　数　5千字
印　　张　4.75
插　　页　4
版　　次　2023年1月第1版
印　　次　2023年1月第1次印刷
书　　号　ISBN 978-7-5339-6979-0
定　　价　58.00元

Geoff Dyer

杰夫·戴尔

Geoff Dyer

—Geoff Dyer—

杰夫·戴尔是我们这个时代在世的最伟大的批评家之一。

他所批评的不光是艺术，更是面向某种生活本质。

他是真正真诚的写作者。

——《纽约客》

杰夫·戴尔是我最喜爱的当代作家之一。

我喜欢他对荒诞的体悟，在他的悲观之中掺杂着顽强的喜悦。

他也是遣词造句的能工巧匠，文笔风趣，充满智慧。

——阿兰·德波顿

童年时期的杰夫·戴尔

这就是我一度渴望的：

体验作为地理的历史，

体验作为空间的时间。

风是时间的呼吸，匆匆而过，

而静默，则是停滞时间的昏睡。

懒人瑜伽
Yoga for People Who Can't be Bothered to Do It

杰夫·戴尔
Geoff Dyer

杰夫·戴尔

Geoff Dyer

杰夫·戴尔
Geoff Dyer

杰夫·戴尔

Geoff Dyer

杰夫·戴尔

Geoff Dyer

杰夫·戴尔

Geoff Dyer

杰夫・戴尔
Geoff Dyer

他们看起来像是地球上最后一个家庭，

人们称之为“生活”的大灾难中的孤独的幸存者。

潜行者　Zona

杰夫·戴尔
Geoff Dyer

Geoff Dyer

杰夫·戴尔
Geoff Dyer

然而，很美……就像亲吻眼泪。

然而，很美　But Beautiful

杰夫·戴尔
Geoff Dyer

杰夫·戴尔
Geoff Dyer

人群就像只巨大的千足虫舞动着细腿，

准备去摧毁脚下的一切。

The Search

杰夫·戴尔
Geoff Dyer

杰夫·戴尔
Geoff Dyer

被缺席的风梳理过的树枝记录了风曾经来过。

杰夫·戴尔
Geoff Dyer

杰夫 戴尔
Geoff Dyer

Geoff Dyer

Geoff Dyer

Geoff Dyer

每个人都适应了在密集的人群里生活，

彬彬有礼地过着各自忙碌的人生。

Geoff Dyer

Geoff Dyer

杰夫·戴尔
Geoff Dyer

杰夫·戴尔
Geoff Dyer

我可以随心所欲地浪费自己的时间。

是啊，我浪费了很多时间，

但至少不是为别人浪费时间。

从这点来讲，我才没有浪费时间呢。

杰夫·戴尔

Geoff Dyer

杰夫·戴尔
Geoff Dyer

杰夫·戴尔

Geoff Dyer

杰夫·戴尔
Geoff Dyer

杰夫·戴尔
Geoff Dyer

杰夫·戴尔

Geoff Dyer

杰夫·戴尔

Geoff Dyer

从某种程度上来说，

这是个人们只会在影像中死去的时代。

寻踪索姆河　The Missing of the Somme

杰夫 戴尔

Geoff Dyer

杰夫·戴尔

Geoff Dyer

杰夫·戴尔

Geoff Dyer

杰夫·戴尔

Geoff Dyer

杰夫·戴尔

Geoff Dyer

杰夫·戴尔

Geoff Dyer

真正吸引他的是时光的逐渐呈现，

而非它的缺席。

即使空无一人，

人的痕迹仍随处可寻。

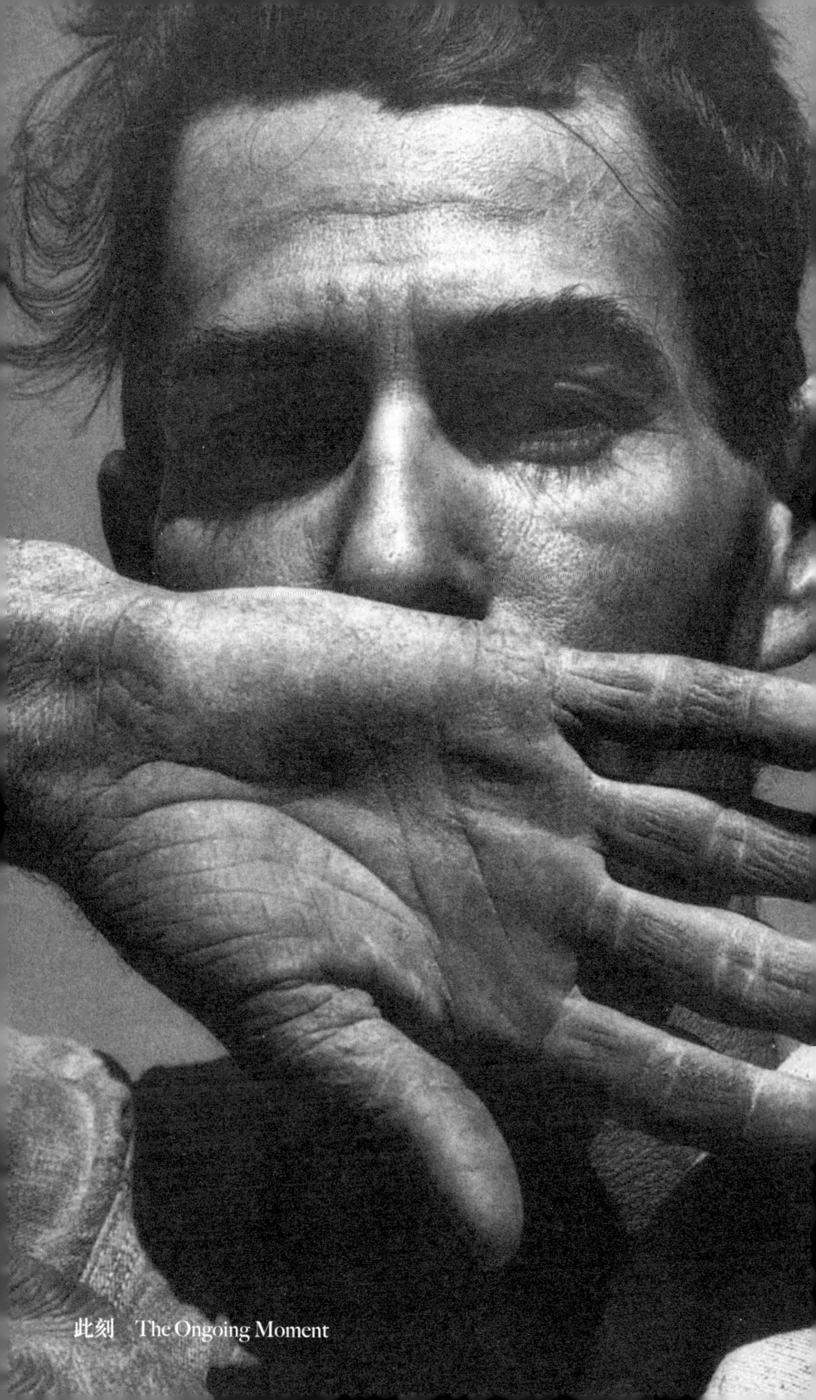

此刻 The Ongoing Moment

杰夫·戴尔

Geoff Dyer

杰夫·戴尔

Geoff Dyer

杰夫·戴尔
Geoff Dyer

杰夫·戴尔

Geoff Dyer

杰夫·戴尔

Geoff Dyer

杰夫·戴尔

Geoff Dyer

杰夫·戴尔
Geoff Dyer